耳と髪のはなし

高橋亜美　著
（アフターケア相談所「ゆずりは」）

JN132175

すーべにあ文庫

この本の収益は「あおいとり基金（旧ゆずりは基金）」に寄付されます。

「あおいとり基金」は、施設等を巣立った子どもたちの高卒認定等の資格取得や、進学費用の支援に活用されます。

コウが自立援助ホームに
入所してきたのは、15歳のとき

4歳から児童養護施設で暮らし
中学卒業を機に就職
施設を退所※することになったのだ

※児童養護施設で生活していた子ども達は、学校卒業を機に施設を出なければならない。その後は働いて自立することを求められる。

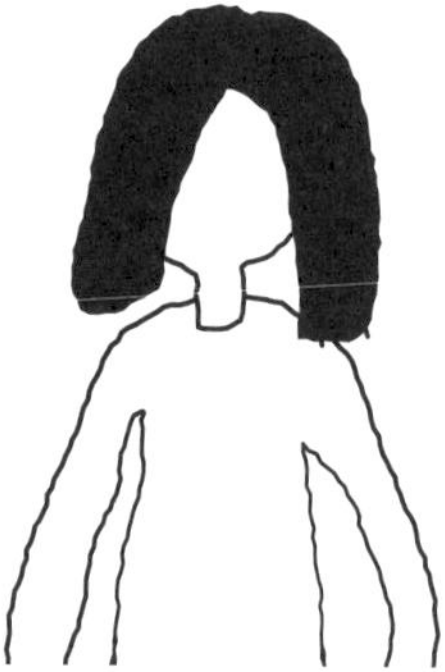

コウは顔の輪郭を
すっぽり包みこむような
長髪だった

幼い頃に
同居していた叔父から
日常的に暴力を受け

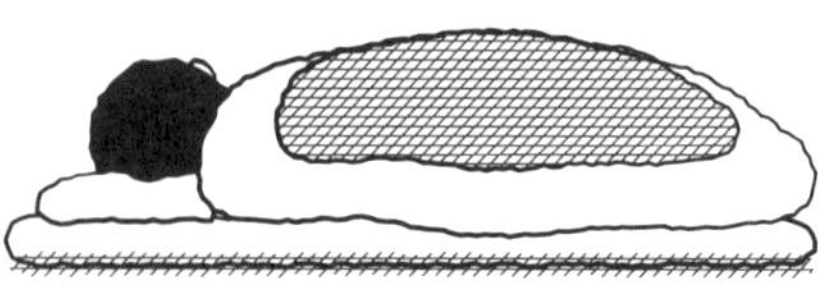

眠っているコウの顔を
叔父が踏みつけたために

左耳が潰れ、変形した
長髪は、その耳を隠すためのもの

「髪型は好きにさせてあげてください」
自立援助ホームの職員に
そんな引き継ぎがあった

初出勤の日
口数が
とても少なかったコウが

「行くのがこわい」

と、言った

「それじゃあ、いっしょに行こう」

それから毎日、コウと職員は
職場の印刷工場まで
自転車でいっしょに行くことになった

3ヵ月ほどたったある日

「今日からはひとりで行く」

と、コウは言った

「なんで泣くの？」

「もういっしょに行けないからだよ」
嬉しさと寂しさのまざった涙だった

翌日
コウの髪の毛は
きれいにカットされていた

「かっこいいよ」

職員が言うと、コウは照れた

耳はもう
隠したいものではなくなったのだろうか？

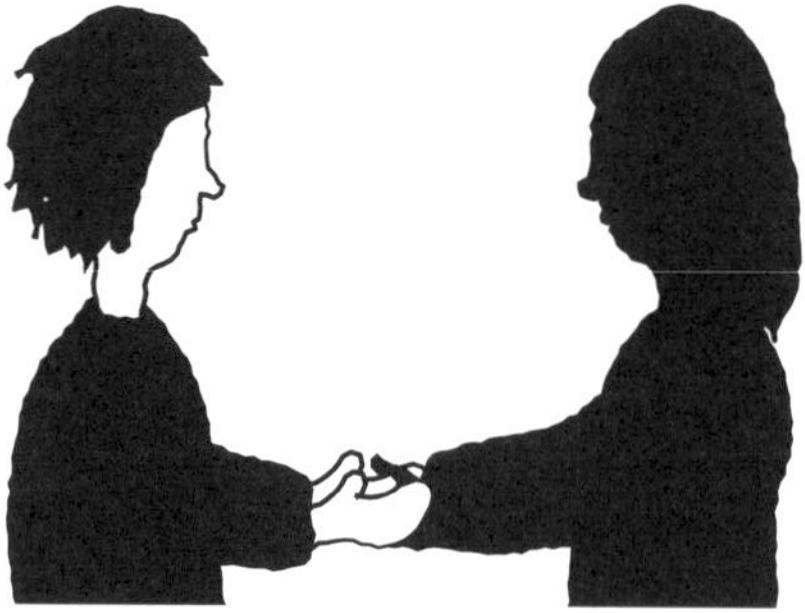

髪を切ることは
生きていてよかったんだ、という
自分へのねぎらいとなり

新しい自分との出会いにもなった

〈解説〉未曽有の社会的危機の中で

本書のエピソードは、かつて私が自立援助ホームで働いているときに出会った子どもの実話を元にしたものだ。

15歳のコウ（仮名）の当時の様子を今でもはっきりと思い出すことができる。

初めて出会ったとき。

長い髪をばっさり切り落としたとき。

虐待や支配を受けて、蔑められる毎日のなかで、奪われてしまう大切なもののひとつが、「自分を大切にする気持ち」だ。不安と緊張に満ちた家庭の中で、子どもたちが自らの力だけで「自分を大切にする気持ち」を守り続けるのはとても難しい。苦しい現実を生き延びるために、今この瞬間を乗り切るために、自分は殴られて当然の存在だと、いい子じゃなかったらから愛されなかったのだと、自分を責めていく。自分を責めて生きているうちに、あきらめて生きる方を選びとってしまう。

そして、自分は生きている価値のない存在だと思い込んでいく。いちばんそばにいる人から否定され、傷つけられ、生きていると、自分で自分の存在を自覚しないように、隠れて生きていたくなる。小さくなって、目立たないようにすることで安心できるようにも感じる。でもほんとうは、自分を消して、押し殺して生きていても、安心はうまれない。

本書に登場するコウが、隠したいと思っていたのは耳だけではなく、自分のすがたかたち、心、だったのかもしれない。自分の存在も、気持ちも隠して生きてきたコウが、髪を切りたいと思ったのは、「ほんとうの自分を生きたい」という気持ちの芽生えがあったからではないだろうか。

2020年、世界を未曾有のコロナウイルスが襲った。日本でも緊急事態宣言が出され、人々は自宅から出られなくなった。

コロナウイルスが発生する前から、自分が暮らす家、親との関係、家族との関係、パートナーとの関係が苦しくて、不安でいっぱいのなか、なんとか生きてきた人たちがいる。家にいると眠れなくて、学校の保健室でやっと眠れる子どもがいる。

学校給食だけで、お腹を満たしている子どもがいる。

家にいても、家族から一言も声をかけられない子どもがいる。

家が怖いと感じながら生きている子どもがいる。

家から出られないことは、息つぎできる機会をも失っている状態になる。

家庭という密室でこそ支配や暴力はエスカレートする。

コロナがもたらす社会危機を前にすると、自分一人が抱えている「苦しみ」や「痛み」なんてとてもちっぽけなものに思えてしまう。思い込まされてしまう。

家のなかでどんなに苦しくても、今はとにかく我慢しなければならない時だと思ってしまう。

そして、「助けて」の声を自分自身で押し潰してしまう。

「命と健康を守る」が、声なき声をかき消すような社会であってほしくない。安心して「わたしの不安」を声にできる社会であってほしい。

自分の不安を大切にできると、だれかの不安にも思いが馳せられる。

ウイルスで命が奪われることも、支配や暴力によって人の尊厳や命が奪われることも、奪うことも、全力で防ぐことができる社会であってほしいと心から願う。

高橋亜美

高橋亜美（たかはし・あみ）
一九七三年生まれ。日本社会事業大学社会福祉学部卒業。自立援助ホームのスタッフを経て、二〇一一年よりアフターケア相談所ゆずりは（東京都国分寺市）の所長に就任。著書に『愛されなかった私たちが愛を知るまで―傷ついた子ども時代を乗り越え生きる若者たち』（かもがわ出版）、『子どもの未来をあきらめない　施設で育った子どもの自立支援』（明石書店）、編著に『はじめてはいたくつした』（小社刊）などがある。二〇二〇年二月ＮＨＫ「プロフェッショナル 仕事の流儀」でその活動が取り上げられた。

児童養護施設等退所者のアフターケア相談所「ゆずりは」について

虐待や経済的な理由で児童養護施設や里親家庭などに入所した子どもたちの多くは、高校卒業を機に、施設を退所しなければなりません。

虐待を受けたトラウマによる精神疾患を抱えていたり、退所しても引き続き親や家族を頼れない故、失敗することも立ち止まることもできません。自らで働き続けなければ、たちまち生活が破綻してしまう緊張状態のなか、生きていくことを余儀なくされています。

「ゆずりは」は、施設等を巣立った子どもたちが、困難な状況に陥ったとき、安心して、一刻もはやく、「助けて」の声があげられるよう、立ち上げた相談所です。

問題解決のための生活相談を基軸にしながら、高卒認定資格取得のための無料学習会の開催、一般就労が難しい方への就労支援として「ゆずりは工房」の運営、退所者の人が気軽に集えるサロンの実施、虐待をしてしまっている母親へのプログラム「MY TREEペアレンツ・プログラム」の実施等々、さまざまな支援事業を行っています。困難な状況にある子どもたちが、家庭には恵まれてなかったとしても「この社会に生まれ、生きられてよかった」と思える社会を私たちはつくっていきたいと思います。

運営主体者　社会福祉法人「子供の家」理事長　加藤望
所在地　東京都国分寺市本多一－一三－一三
責任者　高橋亜美
職員　スタッフ五名
根拠法令等　児童福祉法第四十一条
開設年月日　二〇一一年四月一日
事業内容　東京都地域生活支援事業「ふらっとホーム」を委託（二〇一三年四月一日より）
TEL／FAX　〇四二－三一五－六七三八
E-mail…acyuzuriha@gmail.com　HP…acyuzuriha.com
◎JR中央本線、西武国分寺線、多摩湖線「国分寺駅」下車。北口より徒歩約十分。

すーべにあ文庫について

情報が氾濫する時代、「大切なことは、きっと紙に書いてある」をスローガンにすーべにあ文庫（souvenir＝贈り物、の意）は創刊されました。文庫の収益は、各テーマに関連する団体・施設に寄付されます。大切なことが、大切にしたい誰かに伝わりますように。あなたの読む、知る、考えるが社会貢献につながります。

すーべにあ文庫07

耳と髪のはなし

2020年11月　発行

著者　高橋亜美

（児童養護施設等退所者のアフターケア相談所「ゆずりは」）

発行　株式会社百年書房

〒130-0021 東京都墨田区緑1-13-2 山﨑ビル201

TEL:03-6666-9594　HP:100shobo.com

表紙画　重野克明

装丁・本文イラスト　宮崎麻代

本書のコピー、スキャン、デジタル化等の無断複製を禁じます。

©Takahashi Ami 2020 Printed in Japan

ISBN978-4-907081-86-7